SOPHRONIME

NOUVELLE GRECQUE,

SUIVIE DE

BATHMENDI

NOUVELLE PERSANE,

ET DE

SANCHE

NOUVELLE PORTUGAISE.

(18)

SOPHRONIME
NOUVELLE GRECQUE,

SUIVI DE

BATHMENDI
NOUVELLE PERSANE,

ET DE

SANCHE
NOUVELLE PORTUGAISE.

MONTBÉLIARD,
A LA LIBRAIRIE DE DECKHERR FRÈRES.

Elvire s'élance à terre, elle fait tomber
mille coups d'épée sur le farouche Rostubalde.
(*Voyez page* 46.)

SOPHRONIME,
NOUVELLE GRECQUE.

Sophronime naquit à Thèbes : son père, d'une famille ancienne de Corinthe, était venu s'établir dans la capitale de la Béotie. Il y mourut, sa femme le suivit bientôt : Sophronime à douze ans se trouva sans parens, sans fortune et sans protecteur.

De tout ce qui lui manquait, il ne regrettait que son père et sa mère. Le pauvre enfant allait pleurer tous les jours sur leur tombe ; il revenait ensuite manger le pain que lui donnait par charité un prêtre de Minerve.

Un jour que le malheureux orphelin s'était perdu dans la ville, il entra dans l'atelier du fâmeux Praxitèle. Il est saisi d'un transport involontaire, à la vue de tant de chefs-d'œuvre : il regarde, il admire ; et, s'adressant à Praxitèle avec cette hardiesse et ces grâces qui n'appartiennent qu'à l'enfance : Mon père, lui dit-il, donne-moi un ciseau, et apprends-moi à devenir un grand homme comme toi. Praxitèle regarde ce bel enfant ; il est étonné du feu qui brille dans ses yeux ; il l'embrasse avec tendresse : Oui je serai ton maître, lui répond-il ; reste avec moi, j'espère que tu me surpasseras.

Le jeune Sophronime, heureux et reconnaissant, ne quitta plus Praxitèle, et sentit bientôt se développer le grand talent qu'il avait reçu de la nature : à dix-huit ans, il faisait déjà des ouvrages que son maître aurait avoués.

Malheureusement, à cette époque, Praxitèle mourut, et laissa par son testament une somme assez considérable à son élève favori. Sophronime fut inconsolable : le séjour de Thèbes lui devint odieux ; il quitta sa patrie ; et employa le legs de son bienfaiteur à parcourir la Grèce.

Comme il portait dans toutes les villes cet amour du beau, ce désir d'apprendre qui l'avaient enflammé dès l'enfance, chaque jour le rendait plus instruit, chaque chef-d'œuvre qu'il voyait lui apprenait quelque chose. Le besoin de plaisir acheva de polir son caractère et son esprit : plus modeste à mesure qu'il devenait plus savant, pensant toujours à ce qui lui manquait et jamais à ce qu'il avait acquis, Sophronime à vingt ans fut le plus habile et le plus aimable des hommes.

Résolu de se fixer dans une grande ville, il choisit Milet, colonie grecque, sur la côte d'Ionie. Il y acheta une petite maison, des blocs de marbre, et fit des statues pour vivre.

La réputation, trop lente quelquefois à suivre le mérite, ne le fut pas pour Sophronime. Ses ouvrages furent estimés ; l'on ne parla bientôt plus que de son talent. Le jeune Thébain, sans se laisser enivrer des éloges, redoubla d'efforts pour les mériter. Tranquille et solitaire dans son atelier, il consacrait sa journée au travail; le soir il se reposait en lisant Homère; ce plaisir utile élevait son âme, et fournissait à son génie les idées du lendemain. Satisfait du jour passé, et prêt pour le jour à venir, il remerciait les dieux, et se livrait au sommeil.

Ce bonheur ne dura pas: le seul ennemi qui puisse ôter le repos à la vertu ne laissa pas Sophronime en paix. Carite, fille d'Aristée, premier magistrat de Milet, vint avec son père visiter l'atelier du jeune Thébain.

Carite effaçait toutes les beautés d'Ionie, et son âme était encore plus belle que son visage. Aristée son père, le plus riche des Milésiens, s'était consacré tout entier à l'éducation de sa fille; il n'eut pas de peine à lui faire aimer la vertu: ses trésors prodigués lui donnèrent tous les talens qui l'embellissent. Carite, avec seize ans, un esprit fin, une âme tendre, une figure charmante, pensait comme Platon, et chantait comme Orphée.

Sophronime, en la voyant, sentit un trouble, une émotion, qui lui étaient inconnus. Il baissa les yeux, il balbutia. Aristée, attribuant son embarras au respect, le rassura par des paroles pleines de bonté: Montrez-nous, lui dit-il, votre plus belle statue: tout le monde vante votre talent. Hélas! répondit Sophronime, j'ai osé faire une Vénus, dont j'étais content jusqu'à ce jour; mais je vois bien qu'il faut la

refaire. En disant ces mots, il découvrait sa
Vénus, et jetait un coup-d'œil timide sur Carite.
Celle-ci, qui avait compris ses paroles, faisait
semblant de s'occuper de la statue, et pensait
au jeune sculpteur.

Aristee, après avoir admiré les ouvrages de
Sophronime, sortit de l'atelier, et lui promit
de venir le revoir. Carite, en le quittant, le
salua d'un air gracieux : le pauvre Sophronime s'aperçut pour la première fois, quand
elle fut partie, qu'il restait tout seul dans sa
maison.

Ce soir-là, il ne lut point Homère, il s'occupa
de Carite. Le lendemain, au lieu de travailler,
il courut toute la ville dans l'espérance de revoir
Carite. Il la revit ; et, dès ce moment, plus de
repos, plus d'étude ; les statues imparfaites
restaient au fond de l'atelier : Apollon, Diane,
Jupiter, n'étaient plus rien pour Sophronime.
Toujours songeant à Carite, il passait sa vie
dans les cirques, dans les lieux publics, dans
les promenades. Quand il ne l'avait pas vue,
il revenait penser à elle ; quand il l'avait
aperçue, revenait s'occuper des moyens de
la revoir.

Enfin, sa réputation, sa constance, son
adresse lui ouvrirent la maison d'Aristée. Il
s'entretint avec Carite ; il n'en fut que plus
amoureux. Comment oser le lui dire ? comment un sculpteur sans fortune, sans parens,
pouvait-il prétendre au premier parti de la
ville ? Tout, jusqu'à sa délicatesse, lui dé-

fendait de parler. Carite, était si riche qu'il
n'était pas permis à un homme pauvre de la
trouver belle. Sophronime savait tout cela:
il était sûr de se perdre en se déclarant; mais
il fallait mourir ou se déclarer. Cette lettre si
tendre, si soumise, si respectueuse, fut con-
fiée à un esclave d'Aristée, à qui Sophronime
donna tout ce qu'il avait amassé du prix de ses
statues. L'infidèle esclave au lieu de porter la
lettre à Carite, courut la livrer à son père.

Le vieux Aristée, indigné de l'audace,
abusa, pour la première fois, du droit que
lui donnait sa charge: il supposa des crimes à
Sophronime, l'accusa lui-même dans le conseil, et le fit bannir de la ville.

Le malheureux attendait chaque jour, en
tremblant, la réponse de l'esclave: il reçut
l'ordre de quitter Milet. Il ne douta pas que
Carite offensée n'eut elle-même sollicité cette
vengeance: J'ai mérité mon sort, s'écria-t-il,
mais je ne puis me repentir de l'avoir mérité.
O dieux! rendez-la heureuse, et rassemblez
sur ma tête tous les maux qui pourraient troubler sa vie. Sans murmurer de la rigueur de
ses juges, il s'achemina tristement vers le port,
et s'embarqua sur un vaisseau crétois.

Cependant le père de Carite crut devoir ca-
cher à sa fille le véritable motif qui avait fait
bannir Sophronime. Carite s'en douta; elle
avait dans les yeux du Thébain tout ce qu'elle
n'aurait osé lire dans sa lettre: elle donna
quelques pleurs au souvenir d'un homme de-

venu malheureux pour l'avoir aimé. Mais Carite était bien jeune ; elle l'oublia bientôt ; et Aristée, tranquille, ne songeait plus qu'à marier sa fille, lorsqu'un évènement extraordinaire répandit la consternation dans Milet.

Des pirates de Lemmos surprirent un quartier de la ville. Avant que les citoyens armés fussent accourus pour les chasser, ces barbares pillèrent le temple de Vénus, et enlevèrent jusqu'à la statue de la déesse. Cette statue était le palladium de Milet ; à sa possession était attachée la félicité des Milésiens.

Le peuple consterné envoie des ambassadeurs à Delphes, pour consulter Apollon. L'oracle répond que Milet ne sera en sûreté que lorsqu'une nouvelle statue de Vénus, aussi belle que la déesse même, aura remplacé celle que l'on a perdue.

Sur-le-champ les Milésiens font publier dans toute la Grèce que la plus belle fille de Milet et quatre talens d'or seront la récompense du sculpteur qui remplira les conditions de l'oracle. Plusieurs fameux artistes arrivent avec leurs ouvrages ; on les expose sur la place publique ; les magistrats, le peuple admirent : mais dès que la statue est posée sur l'autel, un pouvoir surnaturel la renverse. Les Milésiens désespérés regrettent alors Sophronime ; ils demandent à grands cris que l'on s'occupe de le chercher.

Aristée lui-même est obligé de prendre des informations sur le vaisseau crétois où le malheureux banni s'était embarqué. L'on rapproche les époques, les jours : l'on envoie jusqu'en Crète, et l'on apprend que ce vaisseau a péri avec tout son équipage à la hauteur de l'île de Naxe.

Les Milésiens désolés s'en prennent à leur magistrat, et de son peu de vigilance, cause de l'invasion des barbares, et de la mort de Sophronime, qu'il avait fait bannir injustement. Le peuple passe bientôt du murmure à la révolte : il court à la maison d'Aristée, il l'entoure, il la force. Les larmes de Carite, ses cris, ses prières, ne peuvent sauver son père : Aristée est saisi, chargé de fers, et traîné dans un cachot. Le peuple décide qu'il n'en sortira que lorsque la statue de Vénus aura été remplacée.

Carite, au désespoir veut aller elle-même à Athènes, à Corinthe, ou à Thèbes, chercher un artiste qui puisse délivrer son père. Elle prend d'abord des mesures pour adoucir sa prison : un esclave sûr doit veiller à tous ses besoins. Carite, tranquille de ce côté, équipe un vaisseau, le charge de trésors et part.

Les premiers jours de sa navigation furent heureux ; les vents semblaient la protéger. Tout-à-coup un orage épouvantable détourne le vaisseau de sa route, et force le pilote de se réfugier dans une anse qui lui était inconnue. A peine y est-il, que l'orage cesse : le soleil revient ; et Carite, invitée par la beauté du temps, veut descendre à terre, pour se repo-

ser quelques heures de la fatigue de la mer.
Elle est bientôt sur le rivage. Un doux sommeil, sur un lit de gazon, la délasse, et lui
fait oublier pour un moment toutes ses peines.
Ce sommeil ne fut pas long : Carite s'éveille;
et voyant que ses esclaves dormaient encore,
elle ne veut pas les troubler. Seule avec ses
chagrins, elle se promène sur la rive; et, dé-
sirant de connaître ces lieux inhabités, elle
franchit les rochers qui mettaient à l'abri des
flots l'intérieur de l'île.

Elle aperçoit une vallée délicieuse, traversée
par deux petits ruisseaux, et couverte d'arbres
fruitiers : elle s'arrête pour contempler ce beau
spectacle. La nature était alors dans les plus
beaux jours du printemps : tous les arbres sont
fleuris; les gouttes d'eau de l'orage passé pen-
dent encore à l'extrémité de chaque fleur; et
le soleil, en le frappant de ses rayons, parsè-
me les branches de pierres précieuses. Les pa-
pillons, heureux de revoir le beau temps, re-
commencent à voler sur les primevères : des
légions d'abeilles bourdonnent au-dessus des
arbres, et n'osent pas encore toucher aux fleurs,
de peur de mouiller leurs ailes transparentes. Le
rossignol et la fauvette, revenus de leur frayeur,
font retentir l'écho de leur ramage, tandis que
leurs femelles, plus tendres et ne songeant qu'à
l'amour, voltigent sur la prairie, essaient
avec leur bec le foin encore trop vert pour elles; et lorsqu'elles ont trouvé un brin d'herbe
sec et flexible, pleines de joie, elles l'empor-

tent à tire d'ailes au nid qu'elles ont commencé.

Carite admira ce spectacle, et soupira. Elle descendit dans le vallon; et traversant la prairie, elle aperçut une petite cabane entourée de noyers verts. Un bosquet lui en dérobait l'entrée: elle pénètre dans ce bosquet, elle entend le murmure d'un ruisseau qui serpentait à ses pieds. Bientôt les accens d'une lyre se mêlent à ce bruit si doux; elle écoute: une voix douce et tendre chante ces paroles:

J'ai payé cher ce court moment d'erreur
Où j'ai cru que l'amour suffisait pour lui plaire,
Je ressemble à ce téméraire
Dont la reine du ciel avait séduit le cœur:
Junon, plus barbare que sage,
Feignit jusques à lui d'abaisser ses appas;
Il crut la presser dans ses bras.....
Le malheureux n'embrassait qu'un nuage.
Tel est mon triste sort, hélas!
Et je sens trop que ma peine cruelle
Doit survivre même au trépas:
Si l'âme est immortelle,
L'amour ne l'est-il pas?

La voix n'avait pas achevé, que Carite, reconnaissant Sophronime, tombe évanouie Au bruit qu'elle fait, il accourt, il la voit, il la prend dans ses bras, il la regarde encore, et ne peut croire à son bonheur: il la porte au bord du ruisseau; de l'eau jetée sur son beau visage la fait bientôt revenir à elle. Sophronime était à genoux: Êtes-vous Carite, lui dit-il, ou bien une divinité? Je suis la fille d'Aristée, lui répondit elle avec douceur; mon père est

en danger, vous seul pouvez le sauver. Ah !
parlez, reprit Sophronime avec transport:
que faut-il faire ! ma vie est à lui comme à
vous.

Carite alors lui raconta le service qu'il pouvait rendre à sa patrie et à son père. A mesure
qu'elle parlait, la joie brillait dans les yeux de
Sophronime : Rassurez-vous, lui dit-il d'un
air fier ; j'ai dans ma cabane un ouvrage qui
doit plaire à votre déesse, comme à vos citoyens : il est à vous, Carite ; mais j'exige
que vous ne le voyez que dans le temple de
Milet.

La fille d'Aristée y consentit ; et Sophronime lui raconta comment il s'était sauvé du
naufrage, seul avec ses outils de sculpture. Il
avait trouvé dans cette ile déserte, de l'eau, des
fruits et du marbre. Tranquille dans la cabane
qu'il s'était construite, il avait travaillé au
chef d'œuvre qui devait délivrer Aristée. Venez, ajouta-t-il, venez voir l'asyle où je vi-
vais en pensant à vous.

Carite suit Sophronime, et entre avec lui
dans sa chaumière : partout le nom de Carite
était écrit ; partout son chiffre et celui de Sophronime était enlacés. Pardonnez, lui dit
le sculpteur ; seul dans cette île, j'osais tracer
les sentimens de mon cœur ; je n'avais pas peur
d'être exilé. Ce mot fit venir quelques larmes
dans les yeux de la tendre Carite : elle regarda
Sophronime ; et lui serrant presque la main :
Ah ! lui dit-elle ce n'est pas moi....... Elle

n'acheva pas ; et considérant une statue couverte d'un voile qui était sur une espèce d'autel : Hâtons-nous, ajouta-t-elle, d'aller trouver mes esclaves ; ils emporteront ce chef-
d'œuvre, que je ne dois voir qu'à Milet : vous
viendrez avec moi ; et, quel que soit l'événe-
ment, je sens que nous ne nous quitterons plus.

Sophronime transporté osa baiser la main
de Carite, qui ne s'en fâcha pas. Ils allaient
prendre le chemin du rivage, quand ils furent
joints par les esclaves et les matelots qui, alar-
més de l'absence de leur maîtresse, parcou-
raient l'île en la cherchant. Carite leur ordonna
de porter avec précaution sur le vaisseau la statue voilée : on lui obéit. Sophronime ne quitta
pas sa cabane sans remercier avec des larmes les
divinités champêtres qui l'avaient protégé dans
cet asyle. Il posa sur l'autel où avait été la statue, tous ses outils, et les consacra au dieu
Pan ; ensuite baisant respectueusement le seuil
de la porte : Je reviendrai, s'écria-t-il,
mourir ici, si je ne peux vivre pour Carite.
Après ces adieux, ils gagnèrent le vaisseau,
et reprirent la route de Milet.

La traversée ne fut pas longue ; heureusement pour Carite, qui voulait que Sophronime
eût délivré son père avant de lui avouer sa tendresse. Si le voyage eût duré plus long-temps,
peut-être le sculpteur eût-il été récompensé
par cet aveu, avant d'avoir mérité de l'être.
Mais la sagesse de Carite, le respect de Sophronime, et sur-tout le vent favorable, firent

Aristée reconnaissant demande son libéra—
teur, il se jette dans ses bras, il le baigne de
ses larmes. *(Voyez page 16.)*

arriver les deux amans comme ils étaient partis
de l'île déserte.

Le nom de Sophronime répandit la joie dans
Milet. Le peuple qui l'aimait s'assemble, et
décide que la statue n'a pas besoin d'être exa-
minée par les citoyens, et qu'elle doit sur-le-
champ subir l'épreuve de l'autel de Vénus.
On se rend au temple ; une foule immense le
remplit : Carite suivait en tremblant Sophronime, qui s'avançait avec la statue couverte
d'un voile. Il la pose sur l'autel d'un air modeste, mais non timide : la statue reste debout. Alors il la découvre ; et tout le monde
reconnaît les traits de Carite. C'était elle, c'é-
tait sa maîtresse que l'amoureux sculpteur avait
prise pour modèle de sa Vénus. Le portrait de
Carite était si bien dans son cœur, que, loin
d'elle, dans son île, il avait pu se passer d'ori-
ginal ; et, en la faisant ressemblante, il avait
rempli les conditions de l'oracle, qui exigeait
une statue aussi belle que Vénus même.

La déesse satisfaite et non jalouse, accepte
l'offrande, et manifeste, par la bouche de son
grand-prêtre, que l'oracle est accompli. Le
peuple pousse des cris de joie, il environne
Sophronime, il demande avec transport de
choisir sa récompense. Délivrez Aristée, ré-
pondit-il, et je suis trop payé. On vole à la
prison du vieillard. Carite veut être la première
à briser les fers de son père ; elle l'embrasse,
elle l'instruit de son bonheur, et baisse les
yeux toutes les fois qu'elle prononce le nom de

Sophronime. Aristée reconnaissant demande
son libérateur ; il se jette dans ses bras, il le
baigne de ses larmes : Mon ami, lui dit-il, je
fus bien coupable ; mais Carite doit réparer
mon crime. En disant ces mots, il joint dans
ses mains celles des deux amans. Tout le peu—
ple applaudit ; tous sont heureux de leur bonheur ; et Sophronime et Carite vont se jurer
une éternelle fidélité au pied de cette statue,
preuve certaine de la beauté de Carite et de
l'amour de son époux.

BATHMENDI,

NOUVELLE PERSANE.

Sous le règne d'un roi de Perse dont mon oncle ne dit pas le nom, un marchand de Balsora fut ruiné par de mauvaises entreprises. Il recueillit les débris de sa fortune, et se retira au fond de la province de Kousistan. Là, il acheta une petite maison de campagne et un champ qu'il laboura fort mal, parce qu'il regrettait toujours le temps où il ne labourait point. Le chagrin abrégea les jours de ce marchand: il se sentit près de sa fin; et, appelant auprès de lui quatre fils qu'il avait, il leur dit ces paroles: Mes enfans, je n'ai d'autre bien à vous laisser que cette maison et la connaissance d'un secret que je n'ai dû vous révéler qu'à présent. Dans le temps de mon opulence, j'avais pour ami le génie Alzim: il me promit d'avoir soin de vous après moi, et de vous partager un trésor. Ce génie habite à quelques milles d'ici, dans la grande forêt de Kom. Allez le trouver: demandez-lui ce trésor: mais gardez-vous bien de croire...... La mort ne lui permit pas d'achever.

Des quatre fils du marchand, après avoir pleuré et enterré leur père, gagnèrent la forêt de Kom. Ils s'informèrent de la demeure du

génie Alzim, on la leur indiqua facilement.
Alzim était connu de tout le pays; il accueil-
lait avec bonté tous ceux qui venaient le voir,
il écoutait leurs plaintes, les consolait, leur
prêtait de l'argent quand ils en avaient besoin.
Mais ces bienfaits étaient à une condition, il
fallait suivre aveuglément le conseil qu'il donnait : c'était sa manie. L'on n'était reçu dans
son palais qu'après en avoir fait le serment.

Ce serment n'effraya point les trois fils aînés
du marchand; le quatrième, qui se nommait
Taï, trouva cette cérémonie fort ridicule. Cependant il fallait entrer et aller recevoir le
trésor; il jura comme ses trois frères; mais
réfléchissant aux dangereuses conséquences de
cet indiscret serment; se souvenant que son
père, qui visitait souvent ce palais, avait passé
sa vie à faire des sottises, il voulut, sans être
parjure, se mettre à l'abri de tout danger; et
tandis qu'on les conduisait vers le génie, il
boucha ses oreilles avec de la cire odoriférante.
Muni de cette précaution, il se prosterna devant le trône d'Alzim.

Alzim fit relever les quatre fils de son ancien
ami, les embrassa, leur parla de leur père,
donna des larmes à sa mémoire, et fit appor-
ter un grand coffre rempli de dariques. Voici,
dit-il, le trésor que je vous ai destiné: je vais
vous le partager, et ensuite je dirai à chacun
de vous la route qu'il doit prendre pour être
parfaitement heureux.

Taï n'entendait pas ce que disait le génie;

Taï à table au milieu de ses enfans qui
mangeaient, riaient et babillaient à la fois.
(Voyez page 34.)

mais il l'observait avec attention, et voyait dans ses yeux et sur son visage un air de finesse et de malignité qui lui donnait beaucoup à penser. Cependant il reçut avec reconnaissance la part du trésor qui lui revenait. Alzim, après les avoir ainsi enrichis, prit un ton affectueux, et leur dit : Mes chers enfans, votre bonne ou votre mauvaise destinée tient à ce que vous rencontriez plus tôt ou plus tard un certain être, nommé Bathmendi, dont tout le monde parle, et que bien peu de gens connaissent. Les malheureux humains le cherchent tous à tâtons : moi, qui vous aime, je vais dire à l'oreille de chacun de vous où il pourra le trouver. A ces mots, Alzim prend en particulier Békir, l'aîné des quatre frères : Mon fils, lui dit-il, tu es né avec du courage et de grands talens pour la guerre : le roi de Perse vient d'envoyer une armée contre le Turc ; joins cette armée : c'est dans le camp des Perses que tu pourras trouver Bathmendi. Békir, remercie le génie, et brûle déjà de partir.

Alzim fait signe au second fils d'approcher ; c'était Mesrou : Tu as de l'esprit, lui dit-il, de l'adresse, et de grandes dispositions pour mentir, prends le chemin d'Ispahan : c'est à la cour que tu dois chercher Bathmendi.

Il apelle le troisième frère qui s'appelait Sadder : Toi, lui dit-il, tu fus doué d'une imagination vive et féconde : tu vois les objets, non comme ils sont, mais comme tu veux qu'ils soient ; tu as souvent du génie, et pas toujours le sens commun : tu seras poëte. Prends le chemin d'Agra : c'est parmi les beaux esprits et les belles dames de cette ville, que tu pourras trouver Bathmendi.

Taï s'avance à son tour ; et, grâce aux boules de cire, il n'entendit pas un mot de ce que lui disait Alzim. On a su depuis qu'il lui avait conseillé de se faire derviche.

Les quatre frères, après avoir remercié le bienfaisant génie, retournèrent dans leur demeure. Les trois aînés ne rêvaient qu'à Bathmendi. Taï déboucha ses oreilles, et les entendit arranger leur départ et proposer de vendre au premier offrant leur petite maison, pour s'en partager le prix. Taï demanda d'être l'acquéreur ; il fit estimer la maison et le champ, paya de son or la portion qui en revenait à chacun de ses frères, leur souhaita mille prospérités, les embrassa tendrement, et resta tout seul dans la maison paternelle.

Ce fut alors qu'il s'occupa d'exécuter un projet auquel il pensait depuis long-temps. Il était amoureux de la jeune Amine, fille d'un laboureur son voisin. Amine était belle et sage : elle avait soin du ménage de son père, soulageait sa vieillesse, et ne demandait à Dieu que deux choses ; la première, que son père vécut long-temps ; la seconde, de devenir la femme de Taï. Ses souhaits furent exaucés. Taï la demanda, et l'obtint. Le père d'Amine vint demeurer chez son gendre, et lui apprit l'art de faire rendre à la terre tout ce qu'elle peut

donner à ses cultivateurs. Taï avait encore un
peu d'or du reste de sa portion ; on l'employa à
agrandir le champ, à acheter un troupeau.
Le champ doubla de valeur ; la toison des
brebis se vendit ; l'abondance régna dans la
maison de Taï ; et, comme il était laborieux,
et sa femme économe, chaque année augmenta
leur revenu. Amine avait un enfant tous les
dix mois. Les enfans, qui ruinent les riches
oisifs des villes, enrichissent les laboureurs.
Au bout de six ans, Taï, père de sept enfans
les plus jolis du monde, époux d'une femme
bonne et vertueuse, gendre d'un vieillard encore vert et aimable, maître de plusieurs esclaves, et possesseur de deux troupeaux, était
le plus heureux et le plus aisé fermier du Kousistan.

Cependant ses trois frères couraient après
Bathmendi. Békir était arrivé au camp des
Perses : il se présente au grand vizir, et demande à servir dans le corps que l'on expose le
plus. Sa figure, sa bonne volonté plaisent aux
visir, qui l'admet dans une troupe de cavalerie.
Peu de jours après, la bataille se donna, elle
fut sanglante : Békir y fit des prodiges, sauva
la vie à son général, et prit de sa main celui des
ennemis. Tout retentit des louanges de Békir.
tous les soldats l'appelèrent le héros de la Perse ;
et le visir reconnaissant éleva son libérateur
au grade d'officier-général. Alzim avait raison, disait tout bas Békir, c'est ici que la fortune m'attendait : tout m'annonce que je vais
rencontrer Bathmendi.

La gloire de Békir et sur-tout son élévation, excitèrent l'envie et les murmures de tous les satrapes. Les uns venaient lui demander des nouvelles de son père, en se plaignant d'avoir été compris dans sa banqueroute; les autres prétendaient avoir eu pour esclave madame sa mère : tous refusaient de servir sous lui, parce qu'ils étaient ses anciens. Békir, malheureux par ses succès mêmes, vivait seul, toujours sur ses gardes, toujours au moment de recevoir un outrage, qu'il aurait bien su venger, mais qu'il ne pouvait prévenir. Il regrettait le temps où il n'était que simple soldat, et attendait avec impatience la fin de la guerre, quand les Turcs, renforcés par de nouvelles troupes, et guidés par un nouveau général, vinrent attaquer la division que commandait Békir.

C'était l'occasion qu'attendait depuis long-temps les satrapes de l'armée. Ils employèrent cent fois plus d'habileté à faire battre leur chef, qu'ils n'en avaient montré pendant tout le cours de leur vie, pour n'être pas battus eux-mêmes. Békir se défendait comme un lion ; mais il n'était ni obéi ni secondé. Les soldats persans voulaient en vain résister : leurs officiers les retenaient, et ne les guidaient que dans la fuite. Le brave Békir abandonné, couvert de blessures, accablé sous le nombre, fut pris par les janissaires. Le général turc eut l'indignité de le faire charger de fers aussitôt qu'il put les porter, et l'envoya à Constantinople, où il

fut jeté dans un affreux cachot. Hélas! s'é-
criait-il dans sa prison, je commence à croire
qu'Alzim m'a trompé; car je ne puis espérer de
rencontrer ici Bathmendi.

La guerre dura quinze ans, et les satrapes
empêchèrent toujours l'échange de Békir. Sa
prison ne fut ouverte qu'à la paix: il courut
bien vîte à Ispahan, chercher le visir son protecteur, à qui il avait sauvé la vie. Il fut trois
semaines sans pouvoir lui parler: au bout de
ce temps, il obtint une audience. Quinze ans
de prison changent un peu la figure d'un beau
jeune homme : Békir n'était plus reconnaissa-
ble; aussi le visir ne le reconnut pas. Cependant, à force de se rappeler les différentes
époques de sa glorieuse vie, il se souvient que
Békir lui avait rendu autrefois un petit service.

Oui, oui, mon ami, lui dit-il, je vous
remets, vous êtes un brave homme, mais
l'état est bien obéré: une longue guerre et de
grandes fêtes ont épuisé nos finances: cependant, revenez me voir, je tâcherai, je ver-
rai.... Eh! monseigneur, je n'ai pas de pain,
et depuis quinze jours que j'attends ce moment
de parler à votre grandeur, je serais mort de
misère sans un soldat de la garde, mon vieux
camarade, qui a partagé avec moi sa paie.
C'est fort bien à ce soldat, répondit le visir:
comment donc! cela est touchant, j'en ren-
drai compte au roi. Revenez me voir; vous
savez que je vous aime..... En disant ces mots,
il lui tourna le dos. Békir revint le lendemain,

et trouva la porte fermée. Au désespoir, il
sortit du palais et de la ville, résolu de n'y entrer jamais.

Il se laissa tomber au pied d'un arbre sur le
bord du fleuve Zanderou : là, il réfléchit à
l'ingratitude des visirs, à tous les malheurs
qu'il avait éprouvés, à ceux qui le menaçaient
encore ; et, ne pouvant plus soutenir ces tristes
idées, il se lève pour se précipiter dans le fleuve..... Mais il se sent embrasser par un men-
diant qui baignait son visage de pleurs, et
s'écriait en sanglottant : C'est mon frère, c'est
mon frère Békir ! Békir regarde, il reconnaît Mesrou.

Tout homme a du plaisir, sans doute, à
retrouver un frère qu'il a perdu depuis long-
temps ; mais un malheureux sans ressource,
sans ami, qui va finir ses jours de désespoir,
croit voir un ange du ciel en retrouvant un
frère qu'il aime. C'est le sentiment qu'éprou-
vèrent à la fois Békir et Mesrou : ils se pressent
mutuellement contre leur poitrine ; ils con-
fondent leurs larmes ; et, après les premiers
momens donnés à la tendresse ; ils se regardent
avec des yeux surpris et affligés. Tu es donc
aussi malheureux ? s'écria Békir. Voici, lui
répondit Mesrou, le premier instant de bonheur dont j'ai joui depuis que nous nous sommes quittés. A ces mots les deux infortunés,
s'embrassent encore ; ils s'appuient l'un contre
l'autre, et Mesrou, assis près de Békir, com-
mença ainsi son histoire :

Tu te souviens de ce jour fatal où nous allâmes chez Alzim. Ce perfide génie me dit que je pourrais trouver à la cour ce Bathmendi que nous désirions tant de rencontrer. Je suivis son funeste conseil, et j'arrivai bientôt à Ispahan. Je fis connaissance avec une jeune esclave qui appartenait à la maîtresse du premier secrétaire du grand visir. Cette esclave m'aima et me fit connaître de sa maîtresse, qui, me trouvant plus jeune et mieux fait que son amant, me logea chez elle en me faisant passer pour son petit frère. Bientôt le petit frère fut présenté au visir: quelques jours après, il obtint un emploi dans le palais.

Je n'avais plus qu'à me laisser aller, et me souvenir sur-tout du chemin qui m'avait mené où j'étais. Je ne quittai point ce chemin; et comme la sultane mère était vieille, laide et toute puissante, je ne manquai pas de lui faire assiduement ma cour. Elle me distingua, et me prit dans une amitié aussi intime que l'avait été celle de l'esclave et de sa maîtresse. Dès ce moment, les honneurs, les richesses commencèrent à pleuvoir sur moi. La sultane me faisait donner par le sophi tout l'argent du trésor, toutes les dignités de l'état. Le monarque lui-même me témoigna de l'affection; il aimait à causer avec moi, parce que je le flattais avec adresse, et que je lui conseillais toujours ce qu'il avait envie de faire. C'était le moyen de lui faire faire bientôt ce que je voudrais, cela ne manqua pas d'arriver. Au bout de trois ans, je me vis à la fois premier ministre, favori du roi, amant de sa mère, maître de nommer et de déplacer les visirs, décidant tout par mon crédit, et recevant tous les matins les grands de l'empire, qui venaient attendre mon réveil, pour obtenir de moi un sourire de protection.

Au milieu de ma gloire et de ma fortune, je m'étonnais de ne pas rencontrer ce Bathmendi, que je cherchais. Rien ne me manque, me dis—je, pourquoi Bathmendi me manque-t-il? Cette idée et la gêne affreuse où je passais ma vie empoisonnaient tous mes plaisirs. Plus la sultane vieillissait, plus elle devenait exigeante, et plus ma reconnaissance devenait pénible; la tendresse qu'elle avait pour moi faisait mon supplice. C'étaient des emportemens, des éclats, des reproches d'ingratitude, et puis des larmes, et puis des caresses cent fois pires que les fureurs. D'un autre côté, ma place me donnait mille courtisans ennuyeux, et cent mille ennemis puissans. A chaque grâce que j'accordais, une seule bouche me remerciait à peine; et mille me maudissaient. Les généraux que je plaçais étaient battus, et l'on s'en prenait à moi. Le bien que faisait le roi n'appartenait qu'à lui; mais tout le mal était à moi seul. Le peuple me détestait, toute la cour m'abhorrait, cent libelles me déchiraient; mon maître me boudait souvent, la sultane mère m'excédait toujours, et Bathmendi semblait s'être éloigné de moi pour jamais.

La passion du roi pour une jeune Mingrélienne est venue mettre le comble à mon infortune. Toute la cour s'est tournée de ce côté, dans l'espérance que la maîtresse chasserait le ministre. J'ai paré le coup en me liant avec la Mingrélienne et en flattant l'amour du roi. Mais cet amour est devenu si violent, que le monarque, décidé à épouser sa maîtresse, m'a demandé mon avis. J'ai tergiversé quelques jours. La sultane mère, qui a craint de perdre son crédit en voyant marier son fils, est venue me déclarer que si je ne rompais pas cet hymen, elle me ferait assassiner le même jour de la cérémonie. Une heure après, la Mingrélienne est venue me jurer que si je ne la faisais pas épouser par le roi, dès le lendemain, je serais étranglé le jour d'après. Ma position était embarrassante: il fallait choisir, du poignard, du cordon ou de la fuite; j'ai pris ce dernier parti. Je me suis déguisé, comme tu vois, et me suis échappé du palais avec quelques diamans dans mes poches, qui me feront vivre avec toi dans un coin de l'Indoustan, loin des sultanes mères, des Mingréliennes et de la cour.

Après ce récit, Békir raconta ses aventures à Mesrou. Ils convinrent tous deux qu'ils auraient aussi bien fait de ne pas courir le monde, et que le plus sage parti était de retourner dans le Kousistan, auprès de leur frère Taï, où les diamans de Mesrou leur procureraient une vie douce et aisée. Après cette

résolution, ils se mirent en route, et marchè-
rent pendant plusieurs jours sans aventure.

Comme ils traversaient la province du Far-
sistan, ils arrivèrent vers le soir à un petit village où ils comptaient passer la nuit. C'était un
jour de fête : en entrant dans le village, ils virent plusieurs enfans de paysans qui revenaient
de la promenade, conduits par une espèce de
magister mal vêtu, marchant la tête basse,
et ayant l'air de rêver tristement. Les deux
frères s'approchent de ce magister, le regardent, le considèrent.... Quelle est leur surprise ! c'est Sadder, c'est leur frère Sadder
qu'ils embrassent.

Eh quoi ! mon ami, lui dit Békir ! c'est
ainsi qu'on récompense le génie ! Tu vois, lui
répondit Sadder, qu'on le traite à peu-près
comme la valeur. Mais la philosophie y trouve
un grand sujet de réflexions, et cela console
beaucoup. En parlant ainsi, il fit rentrer tous
ses enfans chez leurs pères, conduisit Békir
et Mesrou dans sa petite cabane, leur apprêta
lui-même un peu de riz pour leur souper ; et,
après s'être fait raconter leurs histoires, il leur
dit la sienne en ces mots :

Le génie Alzim, que je soupçonne beaucoup
d'aimer le mal d'autrui, me conseilla de chercher cet introuvable Bathmendi dans la grande
ville d'Agra, parmi les beaux esprits et les belles dames. J'arrivai dans Agra ; et, avant de
me répandre dans le monde, je voulus m'an-
noncer par un ouvrage d'éclat. Au bout d'un

moi, mon ouvrage parut : c'était un cours
complet de toutes les sciences humaines, en un
petit volume in-18 de 60 pages, divisé par
chapitres. Chaque chapitre était un conte ; et
chaque conte apprenait parfaitement une
science.

Mon livre eut un succès prodigieux. Quelques
journaux le critiquèrent et dirent qu'il y avait
des longueurs ; mais tout le beau monde l'a-
cheta et je me consolai des critiques. Mon livre
et moi nous devînmes à la mode : on me re-
chercha, on m'invita dans toutes les sociétés
qui se piquaient d'avoir un peu d'esprit : tout
ce que je faisais était charmant ; on ne parlait
que de moi, on ne désirait que moi, et la sultane favorite m'écrivit de sa main un billet
sans ortographe, pour me prier de venir à la cour.

Courage ! me disais-je ; Alzim ne m'a pas
trompé ; ma gloire est au comble, je m'y sou-
tiendrai par des moyens plus sûrs que ceux de
l'intrigue, je plairai, je séduirai, je trouve-
rai Bathmendi.

Je fus parfaitemement accueilli dans le palais
du grand Mogol : la sultane favorite se déclara
hautement ma protectrice, me présenta à
l'empereur, me commanda des vers, me
donna des pensions, m'admit à ses petits sou-
pés, et me jura cent fois le jour une amitié à
toute épreuve. De mon côté, je me livrai à la
reconnaisance avec toute la vivacité de mon
cœur ; je me promis de consacrer mes jours à
chanter, à célébrer ma bienfaitrice, et je fis

un poëme en son honneur, où le soleil n'était qu'un faux brillant près de ses yeux, où l'ivoire, le corail, les perles du golfe persique n'avaient plus d'éclat auprès de son visage, de sa bouche et de ses dents. Ces louanges fines et délicates achevèrent de m'assurer pour jamais son appui.

Je croyais toucher au moment de rencontrer Bathmendi, quand ma protectrice se brouilla avec le visir pour un gouvernement de province que celui-ci refusa au fils du confiseur de la favorite. La sultane outrée de l'audace, demanda à l'empereur l'exil de l'insolent ministre; mais l'empereur aimait son visir, et refusa la favorite. Alors, il fallut établir une intrigue en règle pour perdre le visir soutenu. Je fus du complot, et je reçus l'ordre de composer contre le ministre, une satire sanglante, et de la répandre dans le public. La satire fut bientôt faite: cela n'est pas difficile; elle était même bonne, ce qui est encore aisé: elle fut lue avec avidité, ce qui est immanquable.

Le visir sut bientôt que j'en étais l'auteur: il va trouver la favorite, lui porte le brevet qu'il avait d'abord refusé, une ordonnance de cent mille dariques sur le trésor royal, et ne lui demande pour récompense que la permission de me faire mourir dans un cul de basse fosse. C'est une misère lui répondit la favorite, et je suis trop heureuse de pouvoir faire quelque chose qui vous soit agréable. Je vais, si vous voulez, envoyer chercher tout-à-l'heure cet

insolent, qui ose vous insulter malgré mes dé-
fenses expresses, et je le remettrai dans vos
mains. Heureusement une esclave de la favorite, qui était présent, vint me raconter cette
conversation : je n'eus que le temps de me
sauver.

Depuis cette époque, j'ai parcouru tout
l'Indoustan, gagnant à peine ma vie à écrire
des romans, à faire des vers, à travailler pour
des libraires qui me friponnaient, et qui, plus
difficiles pour mon talent que pour leur cons-
cience, me disaient encore que mon style n'é-
tait pas assez pur. Tant que j'avais eu de l'argent, mes ouvrages avaient été des chefs-d'œuvre ; sitôt que je fus dans la misère, je ne fis
plus que des sottises. Enfin, dégoûté d'ins-
truire l'univers, j'ai mieux aimé apprendre à
lire à des paysans ; et je me suis fait magister
dans ce petit village où je mange du pain noir,
et où je n'espère pas voir arriver Bathmendi.

Il ne tient qu'à toi de le quiter, lui dit Mesrou, et de retourner avec nous dans le Kousistan, où quelques diamans que j'emporte
nous assurent une existence douce et tranquille.
Il n'eut pas de peine à déterminer Sadder.
Dès le lendemain les trois frères sortirent avant
le jour du village, et prirent la route du Kousistan.

Ils étaient à leur dernière journée, et près
d'arriver à la petite maison de Taï. Cette idée
les consolait ; mais leur espoir était mêlé de
crainte. Trouverons-nous notre frère ? nous

l'avons laissé bien pauvre ; il n'aura pas rencontré Bathmendi, puisqu'il n'a pas pu le chercher. Mes chers amis, leur dit Sadder, j'ai beaucoup réfléchi à ce Bathmendi dont Alzim nous a parlé : franchement, je crois que le génie s'est moqué de nous. Bathmendi n'existe point et n'a jamais existé : car, puisque mon frère Békir ne l'a pas rencontré dans le temps qu'il commandait la moitié de l'armée persane ; puisque Mesrou n'en en a pas entendu parler lorsqu'il était le favori du grand roi ; puisque moi-même je n'ai pu deviner seulement ce que c'était, dans le moment où j'étais comblé des faveurs de la gloire et de la fortune, il est clair que Bathmendi est un être imaginaire, une illusion, une chimère après laquelle tous les hommes courent, parcequ'ils aiment les chimères et à courir.

Il en était là et allait prouver que Bathmendi n'habitait point dans le monde, lorsqu'une troupe de voleurs sort des rochers qui bordaient le chemin, environne les trois voyageurs et leur commande de se dépouiller. Békir voulut résister, mais il fut désarmé, et quatre de ces messieurs, lui tenant le poignard sur le cœur, le déshabillèrent, tandis que leurs camarades en faisaient autant à Mesrou et à Sadder. Après cette cérémonie, qui fut l'affaire d'un instant, le chef des brigands leur souhaita bon voyage, et les laissa tous trois nus comme des vers, au milieu du grand chemin.

Ceci vient à l'appui de ma proposition, dit

Sadder en regardant ses frères. Ah! les lâches!
s'écriait Békir, ils m'ont arraché mon épée.
Eh! mes pauvres diamans! répondit Mesrou
en pleurant.

Il faisait nuit; les trois infortunés se pressè-
rent de gagner la maison de leur frère. Ils arrivèrent, et la vue de cette maison fit couler
leurs larmes. Ils s'arrêtèrent à la porte; ils
n'osaient frapper : toutes leurs frayeurs, toutes
leurs incertitudes recommencèrent. Tandis
qu'ils se balançaient, Békir roula une grosse
pierre, monta dessus; et trouvant une fente
dans le contrevent de la fenêtre, il regarde: il
aperçoit dans une chambre propre et simple-
ment meublée, son frère Taï à table, au milieu de dix-sept enfans qui mangeaient, riaient
et babillaient à la fois. Taï avait à sa droite sa
femme Amine, qui coupait les morceaux de
son dernier fils, et à sa gauche était un petit
vieillard d'une physionomie douce et gaie, qui
versait à boire à Taï. Békir à ce spectacle, se
précipite dans les bras de ses frères, et frappe
à la porte de toutes ses forces. Un valet vient
ouvrir; il jette des cris de frayeur, en voyant
trois hommes tout nus. Taï accourt, on lui
saute au cou, on l'appelle mon frère, on le
baigne de pleurs. Il est troublé d'abord; mais
bientôt il reconnaît Békir, Mesrou et Sadder;
il les serre dans ses bras, il ne peut suffire à
leurs embrassemens. Tous les enfans accourent
à ce spectacle: Amine vient, mais elle se re-
tire avec ses filles, à l'aspect des trois frères

nus. Il n'y eut que le petit vieillard qui ne quitta point la table.

Taï donne des habits à ses frères, les présente à sa femme, et leur fait baiser ses enfans. Hélas ! lui dit Békir attendri, ton heureux sort nous console de tout ce que nous avons souffert. Depuis l'instant de notre séparation, notre vie n'a été qu'un enchaînement d'infortunes, et nous n'avons seulement pas entrevu ce Bathmendi après lequel nous avons tous couru. Je le crois bien, dit alors le petit vieillard, qui demeurait toujours à table ; je n'ai pas bougé d'ici. Comment ! s'écria Mesrou, vous êtes... Je suis Bathmendi, reprit le vieillard : il est tout simple que vous ne me reconnaissiez pas, puisque vous ne m'avez jamais vu ; mais demandez à Taï, demandez à sa bonne Amine, et à tous ces petits enfans, il n'en est pas un qui ne sache mon nom. Il y a quinze ans que je demeure avec eux : je suis ici comme chez moi : je n'en ai sorti qu'un seul jour ; ce fut celui où Amine perdit son père ; mais je revins, et je me suis bien promis de ne plus m'éloigner d'un seul pas. Il ne tiendra qu'à vous, messieurs les aventuriers, de faire connaissance avec moi : si cela vous fait plaisir, j'en serai fort aise ; si vous ne vous en souciez pas, je m'en passerai. Je ne suis pas gênant ; je me tiens dans mon coin, ne dispute jamais, et déteste le bruit. Les trois frères qui ne se lassaient point de considérer le petit vieillard, voulurent l'embrasser. Oh ! doucement, leur dit-il, je n'aime point tous ces grands mouvemens ; je suis délicat, et dès qu'on me serre, j'étouffe. D'ailleurs, il faut être amis avant de se caresser. Si vous voulez que nous le devenions, ne vous occupez pas trop de moi. Je fais plus de cas de la liberté que de la politesse ; et tout ce qui n'est pas modéré m'est antipathique. En disant ces mots, il se leva, baisa chaque enfant sur le front, fit un petit salut aux trois frères, un sourire à Amine et à Taï, et il alla les attendre dans leur chambre à coucher.

Taï se remit à table avec ses frères, et leur fit préparer des lits. Le lendemain, il leur montra ses champs, ses troupeaux, ses attelages, et leur détailla tous les plaisirs dont il jouissait. Békir voulut labourer le jour même : aussi fut-il le premier qui devint l'ami de Bathmendi. Mesrou, qui avait été premier ministre, fut premier berger de la ferme ; et le poète se chargea d'aller vendre à la ville le blé, la laine, le lait que l'on envoyait au marché ; son éloquence attirait les chalans, et il était aussi utile que les autres. Au bout de six mois, Bathmendi se plut avec eux, et leurs jours nombreux et tranquilles coulèrent doucement au sein du bonheur..

Il est inutile de dire ici que BATHMENDI en persan signifie le BONHEUR.

SANCHE,

NOUVELLE PORTUGAISE.

Du temps qu'Aliaton régnait en Portugal, Sanche de Guimaraëns était le plus terrible et le plus aimable des guerriers. Dès sa plus tendre jeunesse, la gloire avait été le besoin le plus pressant de son cœur: son âme de feu n'était jamais assez remplie. Il avait beau parcourir rapidement les Espagnes, vaincre des géans, forcer des châteaux, délivrer des belles; l'inquiet guerrier se plaignait de n'être pas assez occupé; l'Amour ne tarde guère à venir au secours de ces bouillans désœuvrés.

Un jour qu'il traversait la forêt de Tomar, fameuse par mille détours où les voyageurs s'égarent, Sanche atteignit un chevalier qui faisait la même route que lui, mais qui la faisait plus doucement. Notre héros n'allait si vite que parce qu'il s'ennuyait. Charmé de trouver un compagnon de voyage, il ralentit sa course, et salua le chevalier. Celui-ci lui rendit son cheval en détournant pour le laisser passer. Sanche lui demanda s'il n'allait pas à Lisbonne. Non, lui répondit l'inconnu. En suis-je encore loin? reprit Sanche. Oui, lui dit le chevalier. Et l'entretien aurait fini, si notre paladin n'avait brûlé de le continuer,

précisément parce que l'autre paraissait ne pas
s'en soucier.

Après plusieurs questions inutiles, Sanche
prit le parti de louer l'inconnu sur la beauté de
ses armes et de son cheval. Celui-ci le re-
mercia très-modestement, et sur-tout très-
laconiquement. Sanche était au désespoir; il
donnait cent coups d'éperon à son coursier,
pour que l'inconnu lui en demandât au moins
la raison. Le pauvre cheval faisait des bonds
inutiles : le tranquille voyageur allait au pas
sans seulement tourner la tête de son côté. Les
deux guerriers firent ainsi une lieue qui fatigua
davantage Sanche et son cheval, que dix jour-
nées de route.

Enfin notre héros ne put y tenir; et s'adressant au taciturne chevalier : Seigneur, lui dit-
il d'une voix très-animée, la froideur avec
laquelle vous me traitez prouve clairement que
vous avez peu d'estime pour moi. Je ne puis
souffrir un pareil mépris : et puisque vous ne
me trouvez pas digne de causer avec vous,
vous me ferez au moins la grâce de rompre une
lance. Je ne puis vous mépriser, lui répondit
l'inconnu sans s'émouvoir, puisque je ne vous
connais pas : les longues conversations me fa-
tiguent; mais un défi ne me déplaît jamais.
Dépêchons-nous seulement; car la nuit vient,
et je veux aller coucher loin d'ici. Je suis fâché
de vous retarder, dit Sanche d'un ton piqué;
aussitôt, mettant sa lance en arrêt, il vole
pour prendre du champ, et revient comme un

tonnerre sur le tranquille inconnu. Les lances
des deux guerriers se brisent; leurs cimeterres
brillent, et mille coups redoublés font jaillir le
feu de leurs armes.

Sanche était jaloux de la beauté des siennes.
Sa cuirasse, de l'acier le plus poli, était par-
semée de clous d'argent: son casque était sur-
monté d'un coq d'or qui soutenait un pana-
che superbe; ce même coq était sur son bou-
clier, avec ces mots: GUERRE ET AMOUR.
Les coups d'épée de l'inconnu avaient déjà dé-
figuré le beau casque de Sanche. Furieux de
voir sa parure brisée, il abandonne les rênes
de son cheval; et prenant son épée à deux
mains, il la fait tomber sur la tête de son ennemi de tout son poids et de toute sa rage. Le
coup fut terrible; mais il glissa sur l'acier, et
ne brisa que le morion. Le casque se détache
et roule sur la poussière. De longs cheveux
blonds tombent sur les épaules du guerrier désarmé: de grands yeux bleus, dont les longues paupières s'étaient baissées par la force
du coup, se relèvent sur Sanche, et reprenent
la victoire dont il se félicitait déjà. Notre héros
tremblant laisse échapper son épée: il descend
de cheval; et jettant loin de lui son casque,
ce vainqueur interdit est à genoux devant celle
qu'il vient de vaincre.

Sanche était beau: le feu du courage qui
brillait dans ses yeux, cette émotion que lui
causaient et le plaisir d'avoir vaincu et la crainte
d'avoir blessé, son attitude, sa surprise,

tout l'embellissait encore. La guerrière le regarde et rougit: elle se pressa de sourire, pour que Sanche ne vit pas sa rougeur; et lui tendant la main avec grâce: Levez-vous, chevalier, lui dit-elle, vous êtes vainqueur; c'est à moi de vous demander la vie. Hélas! répondit Sanche, je sens trop que la mienne va dépendre de vous. En disant ces mots, il lui remit son casque, et remontant à cheval, ils poursuivirent leur route sans se parler, mais en pensant tous les deux que c'était la dernière fois qu'ils se battaient.

Cette belle guerrière était la fille du roi de Gallice, la princesse Elvire. Aucun paladin ne la surpassait en courage; aucune belle ne l'égalait en beauté. Son cœur n'avait encore rien aimé; mais ce cœur sensible ne devait aimer qu'une fois.

Le beau visage de Sanche, le respect, l'amour qu'elle avait lus dans ses yeux occupaient Elvire. Pour la première fois elle désira de plaire; et sous prétexte que son casque brisée la gênait, elle le pendit à l'arçon de sa selle pour se laisser voir à l'amoureux Sanche. Notre héros, qui, quelques instans auparavant, ne s'était battu avec elle que pour la faire parler, maintenant timide, embarrassé, la regarde et baisse la vue: mille questions, mille pensées se présentent en foule; elles expirent sur ses lèvres. Ses yeux cherchent les yeux d'Elvire; mais dès qu'ils les ont rencontrés, ils se baissent avec frayeur. Ah! que le chemin

parut court à Sanche, et même à Elvire! Le
soleil était couché depuis long-temps; la nuit
allait leur dérober le plaisir de se voir, quand
ils arrivèrent à un superbe château.

L'on était alors au fort de l'été: le soleil
avait brillé sans nuage depuis son lever. Ce
jour, le plus beau des jours de Sanche, avait
été beau pour toute la nature. Mille vapeurs,
que la terre brûlante avaient exhalées, s'en-
flammaient et voltigeaient sur l'horison. On
entendait dans le lointain le bruit sourd de quelques coups de tonnerre. Les arbres s'agitaient
doucement et par degrés depuis leurs racines
jusqu'à leur sommet; leurs rameaux, en se
pressant les uns contre les autres, semblaient se
plaindre du sort qui les menaçait. Le ciel devenu sombre, perdait à chaque instant quelque
étoile : sa voûte noircie se sillonnait de traits
enflammés ; tout annonçait un affreux orage,
et nos voyageurs n'y pensaient pas.

Un coup de tonnerre leur fit apercevoir le
château. Sanche propose d'y chercher un
asyle ; Elvire y consent : mais le pont est levé,
et des fossés larges et profonds défendent l'entrée. Notre héros sonne du cor. Aussitôt l'on
voit paraître au haut d'une tour, et à la clarté
du flambeau le plus brillant, non pas un nain
difforme tel que ceux qui servaient de pages
aux seigneurs de ce temps-là, mais un enfant,
le plus beau des enfans. D'une main il tenait
ce flambeau dont la clarté était si vive; de
l'autre il portait un petit arc. Chevaliers, leur

cria-t-il, je suis le maître de ce château, et
seul je suffis pour en défendre l'entrée. C'est
en vain que tous les rois des Espagnes voudraient
s'en rendre maîtres ; avec cet arc je viendrais à
bout de tous les paladins de l'univers. Il est
cependant un moyen, ajouta-t-il en souriant,
de trouver un asyle chez moi : deux amans qui
font à ma porte le serment de s'aimer toujours,
sont sûrs de devenir mes hôtes : c'est à vous de
voir si vous voulez entrer.

A ces mots, Sanche regarde Elvire, qui,
sans répondre, tourne bride, et reprend au
petit pas le chemin qu'elle vient de parcourir.
Notre héros remercie l'enfant, et suit tristement sa maîtresse.

Cependant le tonnerre gronde, les éclairs
brillent, les vents sifflent, et les nuages ré-
pandent des torrens. La fière Elvire descend
de cheval, s'assied près d'un arbre, et, malgré la foudre et la tempête, elle s'endort, ou
fait semblant de dormir. Sanche, debout près
d'elle, ne songe pas à prendre du repos : il regarde tristement ce beau château où ils auraient
pu être à couvert ; et, sans oser murmurer de
passer la nuit dans les bois, il s'occupe des
moyens de ramener quelque jour Elvire frapper à la porte du beau château.

Tandis qu'ils se livraient tous deux à leurs
rêveries, et peut-être aux mêmes idées, le
bruit d'un cor se fait entendre. Elvire est à
l'instant sur pied : ils regardent, ils voient, à
la lueur des éclairs, un chevalier qui sonnait

de toute sa force. Bientôt le même enfant paraît sur la tour, et dit au chevalier les mêmes choses qu'il avait dites à Sanche. Ouvrez, ouvrez, répond une jeune dame que le paladin avait en croupe, ouvrez bien vîte : je suis Xarife ; voici mon cher Abindarraès ; nous nous sommes juré depuis long-temps un amour éternel. Aussitôt les flèches du pont s'abattent ; Xarife et son amant passent, le pont se relève, Sanche retombé dans la nuit, soupire. Elvire n'ose soupirer : elle se rassied au pied de l'arbre, et la pluie tombe plus fort que jamais.

Nos deux amans attendaient le jour en silence ; il vint enfin, et la pluie cessa. A peine l'aurore avait teint l'horizon, qu'Elvire était à cheval et Sanche la suivait. Comme ils passaient devant le château de l'Amour, l'heureux Abindarraès et la tendre Xarife en sortaient pour continuer leur route. Ces deux amans, tous deux à la fleur de l'âge, beaux, frais, et charmés du gîte, qu'ils avaient trouvé saluèrent en souriant Elvire et Sanche, qui, tout mouillés, pâles et défaits, leur rendirent gravement le salut. Je me reproche, dit Elvire d'un ton piqué, de n'avoir pas employé la force pour obtenir un asile dans ce château. Si nous y revenons, reprit Sanche, je vous promets de ne rien épargner pour vous y faire recevoir.

En effet, le guerrier ne s'occupait que de ramener Elvire au beau château ; mais il craignait de n'en plus trouver le chemin. Les détours de la forêt de Tomar en faisaient presque

un labyrinthe. Sanche eût voulu pouvoir laisser sur le chemin quelque chose de reconnaissa-
ble pour lui seul ; mais un chevalier qui n'a que
ses armes, n'a rien à laisser sur les chemins.
L'Amour lui inspira une idée qui pensa lui coû-
ter bien cher.

Il imagina de dévisser tous les clous d'argent
qui tenaient les pièces de son armure. A mesure
qu'il les ôtait, il les semait sur la route. Elvire
ne s'en apercevait pas ; et voulant rompre un
silence qui la gênait, elle lui demande son histoire. Sanche la lui raconta avec cette sen-
sibilité et ce charme que les amans mettent à
tous les récits faits à leur belle. Il parla peu de
ses exploits, point du tout des maîtresses qu'il
avait eues, et beaucoup du bonheur d'avoir
rencontré Elvire.

Cette belle guerrière lui apprit à son tour et
sa naissance et la raison qui l'obligeait à mener
une vie errante. Elle avait quitté la cour du
roi son père pour se dérober aux poursuites d'un
chevalier fameux par sa férocité. Le redouta-
ble Rostubalde, fils de Ferragus, fier de sa
naissance, de sa taille gigantesque, et d'une
force peu commune, avait osé demander Elvire à son père. Le roi de Galice, trop timide
pour mécontenter Rostubalde, lui avait promis
sa fille ; et la jeune princesse, n'écoutant que
son aversion pour le barbare, fuyait de tous
les lieux où elle pouvait rencontrer son terrible
amant.

Le récit de la belle guerrière enflamma de

plus en plus le jeune Sanche. Quand on commence d'aimer, on craint si fort que le cœur
qu'on veut conquérir ne soit à quelqu'un ! on
demande en tremblant tout ce qui peut éclairer
sur ce doute ; et, le doute éclairci, l'amour
et l'espoir sont doublés. Sanche écoutait Elvire
avec transport : Elvire se plaisait à lui redire
les mêmes choses ; et n'osant avouer qu'elle
l'aimait, elle s'en dédommageait en répétant
qu'elle détestait Rostubalde.

Pendant cette douce conversation, notre
paladin avait achevé de détacher tous les vis
de son armure. Ses brassards, sa cuirasse ne
tiennent plus à rien : mais, que lui importe ?
il ne pense qu'à Elvire, il ne voit qu'elle, il
n'est occupé que de l'engager à reprendre la
route du beau château.

Comme ils tournaient dans une route, ils
virent venir de loin un chevalier monté sur un
superbe coursier. Ce chevalier ne les eut pas
plutôt aperçus, qu'il vole au grand galop vers
eux. Elvire l'envisage et jette un cri ; c'était
Rostubalde. Deux rivaux se reconnaissent sans
s'être jamais vus. Le farouche Rostubalde lance
un coup-d'œil terrible à Elvire, et vient l'épée
haute sur Sanche : il frappe, il est frappé. Le
coup de Sanche fait chanceler Rostubalde ;
mais ses armes résistent : celles de Sanche, au
contraire, ne tiennent à rien : il en a ôté lui-
même les vis : l'épée du barbare les ouvre
sans résistance, et sa pointe cruelle fait une
blessure épouvantable à la poitrine du témé-

raire amant. Il tombe baigné dans son sang ;
ses yeux mourans se tournent vers Elvire, et
ce n'est pas pour demander vengeance. Le
féroce vainqueur l'insulte : Faible rival, lui
dit-il, tu comptais sur le courage de ta maîtresse : tu t'es cru dispensé de la savoir défendre : meurs, mais avant de mourir, vois-là
passer dans mes bras.

En disant ces mots, il descend de cheval et
s'avance vers Elvire. De désespoir, l'amour,
la rage étaient dans les yeux et dans le cœur de
la guerrière. N'approche pas, lui cria-t-elle,
et défends-toi. Elle s'élance à terre ; elle fait
tomber mille coups d'épée sur le farouche Rostubalde. Celui-ci les pare, et craint de les
rendre à la belle Elvire ; mais la belle Elvire
n'était plus une femme, c'était Mars en fureur;
qui brise tout ce qui s'oppose à sa rage. Les armes de Rostubalde volent par éclats : son sang
rougit sa cuirasse ; il ne sait encore s'il doit fuir
devant la guerrière ou la traiter en ennemi.
A la fin, la douleur et la nécessité l'emportent :
Rostubalde n'écoute plus rien, il attaque à son
tour Elvire, il lui rend tous les coups qu'il re-
çoit, et les deux champions semblent acharnés
à ne cesser de combattre qu'en cessant de vivre.

La justice et l'amour l'emportèrent. Rostubalde, déjà étourdi par le coup de Sanche et
par ceux d'Elvire, ne peut plus résister à la
vaillante amazone : il chancèle au moment où
elle allait chanceler. Elvire s'en aperçoit, et
ses forces redoublent : elle le presse : il tombe

à genoux, il demande grâce. Non, traître, répond-elle, en lui plongeant son épée dans le sein. Elle court vers Sanche ; Sanche était sans connaissance : elle se met à genoux près de lui ; ses larmes tombent sur sa blessure, et ce baume ne le guérit pas. Le malheureux Sanche, les yeux fermés, la bouche à demi ouverte, ne respire presque plus ; son sang s'écoule à gros bouillons. Elvire l'arrête, l'étanche ; elle déchire les voiles qui la couvraient sous ses armes, pour bander la plaie de son amant ; elle soulève sa tête, elle met sa main sur son cœur pour voir s'il palpitait encore. Rien ne la rassure ; elle craint que Sanche n'ait rendu le dernier soupir : elle approche sa bouche de la sienne, et en voulant s'assurer s'il ne respire plus, ses lèvres touchent celles du moribond. Ah ! Sanche, ce baiser vous sauva la vie ; tout ce qui vous restait de sentiment se réveilla pour ce baiser. Sanche ouvre les yeux, Elvire transportée court chercher de l'eau dans son casque : Mon ami, lui dit-elle, vivez pour moi, vivez pour mon bonheur. Ces paroles le raniment ; il regarde Elvire, il presse sa main, et ses yeux lui disent tout ce que sa bouche ne peut prononcer.

Elvire alors veut aller appeler du secours pour faire porter son amant au plus prochain village. Non, non, lui dit Sanche d'une voix faible et tendre ; non, retournons plutôt au château de cet enfant. Elvire rougit, et avoue qu'elle n'est pas bien sûre du chemin. Je l'ai prévu, répond le blessé, mais les clous brillans de mes armes vous guideront jusqu'au château : je les ai semés sur la route, pour pouvoir vous y reconduire. Je n'espérais pas que ce fût sitôt.

Elvire, qui comprit alors la cause de la prompte défaite de Sanche, versa des larmes d'attendrissement et d'amour. Sans lui répondre, elle coupe plusieurs branches dont elle fait un brancard ; elle l'attache au cheval de Sanche et à celui de Rostubalde ; et posant dessus le malheureux blessé, elle conduit ce convoi si cher à son cœur, en suivant la trace des clous d'argent.

A peine est-elle arrivée, que l'enfant paraît sur la tour. Elvire ne lui donne pas le temps de parler : Ouvrez, dit-elle, nous nous aimons pour toujours. Au mot TOUJOURS, les portes s'ouvrent. Le cœur du pauvre Sanche palpitait en passant sur le pont. Les soins que l'on prit de lui dans le château, et ceux que lui prodiguait Elvire, lui rendirent bientôt la santé. Après un mois de convalescence, ils remercièrent le bel enfant, et coururent à la cour du père d'Elvire, qui les unit l'un à l'autre.

FIN.

IMPRIMERIE DE TH.-FRÉD. DECKHERR A MONTBÉLIARD.

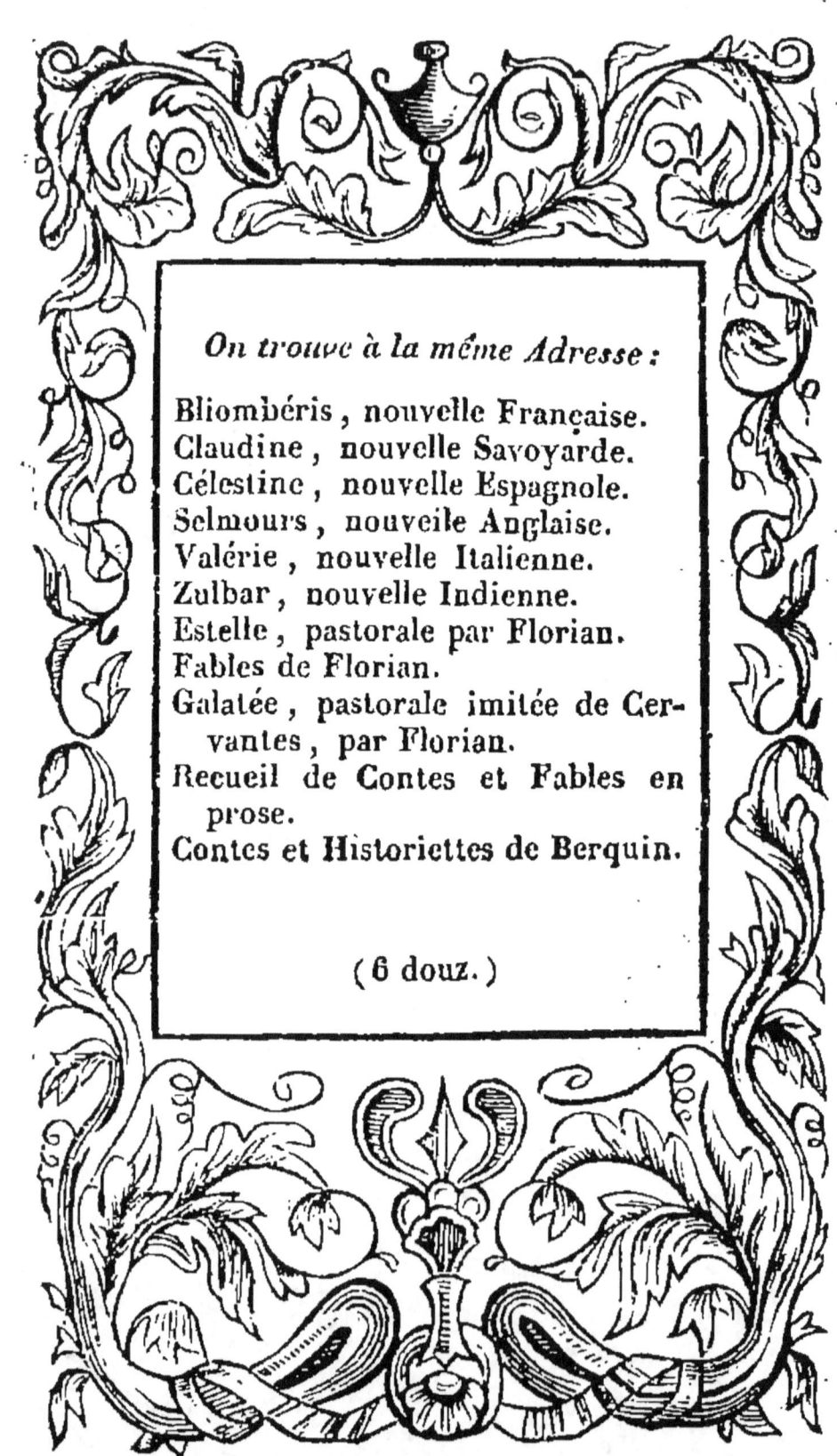

On trouve à la même Adresse :

Bliombéris, nouvelle Française.
Claudine, nouvelle Savoyarde.
Célestine, nouvelle Espagnole.
Selmours, nouvelle Anglaise.
Valérie, nouvelle Italienne.
Zulbar, nouvelle Indienne.
Estelle, pastorale par Florian.
Fables de Florian.
Galatée, pastorale imitée de Cervantes, par Florian.
Recueil de Contes et Fables en prose.
Contes et Historiettes de Berquin.

(6 douz.)

www.ingramcontent.com/pod-product-compliance
Lightning Source LLC
Chambersburg PA
CBHW061703180626
46818CB00003B/1234